国际大作家桥梁书系列

大象倒立

〔德〕马库斯·奥特斯 〔德〕罗拉·奥特斯 著 〔德〕凯尔斯汀·迈耶 绘 李士勋 译

人民文学出版社 天天出版社

著作权合同登记：图字 01-2023-1367

Text: Markus & Lola Orths
Illustrations: Kerstin Meyer
Title of the original edition: Ein Elefant macht Handstand. Wie man eine Geschichte schreibt
© 2021 Moritz Verlag, Frankfurt am Main
Simplified Chinese language edition arranged through Beijing Star Media Agency, Beijing & mundt agency, Düsseldorf

图书在版编目（CIP）数据

大象倒立 / (德) 马库斯·奥特斯, (德) 罗拉·奥特斯著；(德) 凯尔斯汀·迈耶绘；李蕊译. -- 北京：天天出版社，2024.3
（国际大作家桥梁书系列）
ISBN 978-7-5016-2260-3

Ⅰ. ①大… Ⅱ. ①马… ②罗… ③凯… ④李… Ⅲ. ①儿童故事 – 德国 – 现代 Ⅳ. ①I516.85

中国国家版本馆CIP数据核字(2024)第049264号

责任编辑：卢　婧　　　　　　　　美术编辑：卢　婧
责任印制：康远超　张　璞

出版发行： 天天出版社有限责任公司
地址： 北京市东城区东中街 42 号　　　　　**邮编：** 100027
市场部： 010-64169902　　　　　　　**传真：** 010-64169902
网址： http://www.tiantianpublishing.com
邮箱： tiantiancbs@163.com

印刷： 北京博海升彩色印刷有限公司　　　**经销：** 全国新华书店等
开本： 880×1230　1/32　　　　　　　　　　　**印张：** 3
版次： 2024 年 3 月北京第 1 版　　**印次：** 2024 年 3 月第 1 次印刷
字数： 48 千字

书号： 978-7-5016-2260-3　　　　　　　**定价：** 26.00 元

第一章

爸爸。

嗯?

你说，故事是怎么写出来的?

这……

爸爸，你不是已经写过很多故事了吗?

罗拉，你为什么想知道这个呢？

因为我想写一个故事。

写故事？

我的第一个故事！

太好了！

可我害怕，爸爸。

怕什么？

要是别人觉得我的故事很傻，怎么办？

你需要把故事念给大家听吗？

肯定要的！

首先，别人认为你的故事怎么样并没有那么重要。

不重要？

你自己怎么写这个故事才更重要！要带着兴趣和快乐去写，写作是一件非常美妙的事。

那是爸爸你的想法。

我当然这么想，但很多人也是这么想的。

你是怎么写作的？

来，让我好好给你说说。你具体想知
道什么？

故事怎样开始？

嗯。首先，你需要一些材料。

奶奶裁衣服用的那种材料吗？

是啊，你这么说也对。写作的确就像裁衣服。

什么意思？

裁衣服需要布料，用一块布料就能做成一条新的连衣裙。写作也需要材料，把这些材料写成一本书。写作用的材料就是你想讲什么事情和关于什么的事情。

比如说？

我的一位老师曾经说过，文学是……

爸爸，文学是什么？

文学就是人们写过的所有东西，所有的书。

很多吗？

超级多！

天哪！

甚至是无穷无尽那么多！

无穷无尽？

是的。因为每一种语言当中，都有将字母和词语排列组合的无数种可能性。

厉害！

但我的一位老师曾经说过，文学总是探讨两个问题：爱和死亡。

哦！爱很美好，可死亡……

死亡也属于其中。

爷爷已经死了。

是的。

爸爸，要是死亡

来了，我们就躲着点。

嗯！

爸爸，你继续说。

好的，爱和死亡，这两个词都太大
了。故事里写的东西，也可以是非常疯
狂的。

是吗？

举个例子，长着三个脑袋的紫色火星
人占领了地球；或者两个孩子被一个又丑
又滑的、红绿相间的章鱼蜘蛛绑架到孤
岛；又或者火山喷发了，但火山口喷出的
不是滚烫的岩浆，而是清凉的香草冰激凌

配巧克力酱。

爸爸，停下！你就是这么写故事的吗？

是的，就像晚上给你们讲故事的时候一样。

所以里面尽是胡说八道？

没错，带酱料的胡说八道！但这是允许的，我把脑子里想到的主意全都记下来。就算那是世界上最疯狂的事也没关系。你说得没错，有时候它们全都是没用的，但有时候也有好东西。

但维泽老师说，故事应该来源于我们的日……嗯……那个词我想不起来了……

来源于我们的日？太阳？太阳系？三

头火星人？

不对！我想起来了，她说的是来源于我们的日……常生活。

日常生活！对的。很日常的东西。没错，这也很值得写一写。

"日常"到底是什么意思？

日常？意思就是每天都发生的事情。什么都行，非常平凡的事情。比如，学校发生了什么事情，家里发生了什么事情。

13

这些不无聊吗？这是连我都知道、都经历过的事啊。为什么还要写下来呢？

嗯。有时候，我们只需要找到一些新鲜的、美好的、不寻常的词来讲述这些平凡的事情。

为什么？

为了让它看起来焕然一新。

哦？

14

而且，日常生活中也可能发生很棒的事。

真的？

写的时候，我们也可以把平凡的事稍微加工一下，对吧？就像做发型一样。

什么？

做发型！就是把日常变得疯狂些、好笑些、精彩些、美好些。

　　原来如此。好棒啊，我就要这样写！

　　好，那就开始吧，罗拉。

第二章

爸爸。

嗯?

我要跟你说件事。

什么事?

我已经开始写故事了。

真的?

悄悄写的。

太棒了！只要开了头就是好事。后面的会慢慢想出来的。你给我念念吧，罗拉。

不行。

为什么不行？

我的本子忘在学校的长凳下面了。

真可惜。

但我已经记住开头了。

18

好呀，那开始讲吧。

行，爸爸，你听好。我开始讲了——

苏菲说："妈妈，快起床！咱们要去动物园了！"

"好的。"妈妈说。

我们到了。我们去看鹦鹉。

等一下，罗拉，你这进展太快了！

哪里快了？

你的故事里已经有了一个地点：动物园。这很好，但节奏是不是有点太赶了？

你不觉得吗？苏菲和妈妈起床，说了

一两句话，转头她们就已经到动物园了。

是啊，怎么了？

她们得先起床，还要穿衣服，上厕所。

爸爸，难道我还要写她们怎么上厕所吗？太恶心了吧！

那倒是，但你还是可以多给她们一点时间吧。

在这里花那么长时间，会不会有点无聊？我就想让她俩马上到达动物园。这样故事就可以正式开始了。

好吧，你说得对，不能无聊。而且，这是你的故事，罗拉。那就这样吧。后来呢？

我们一起去看鹦鹉。

然后呢？我好想知道。

我只写到这儿。

真可惜。

我不知道接下来该写什么了。

哦，原来如此。

爸爸，你能帮帮我吗？

当然。那你就试着描述一下鹦鹉。

描述是什么意思？

描述就是描绘，就像画画一样。比如：笼子里一共有几只鹦鹉？它们长什么样？红的还是绿的？大还是小？

你为什么想知道这些？

假如我是读者，我就希望能把读到的东西想象出来，也就是说，像在我眼前展

现出一幅画面。动物园的鹦鹉们具体长什
么样呢？

好吧。嗯，等一下。

一只鹦鹉是彩色的，另一只是条纹的，
第三只身上长着紫色的爱心，第四只个头儿

小一点。

紫色爱心？在哪里？

在羽毛上！

这个特别好，罗拉。我从没想过鹦鹉
的羽毛上会有紫色的爱心。现在你已经在

我脑中施了魔法，变出了一幅图画。你就像魔术师一样。你变出的这幅图画非常新颖，长有紫色爱心的鹦鹉，我以前从来没见过。这就是写作！

真的？

当然是真话。

我要把所有的东西都描述一遍吗？

不用。你可以先在脑海中写出这个故事。我们就在这儿躺着，这样很舒服，对吧？

爸爸，我要亲亲你的鼻子！

嗯唔。

但是，爸爸！

嗯？

要是咱们明天就把在脑子里想的故事全忘了，怎么办？

不会的，反正我不会忘的，罗拉。我保证！以鹦鹉之名保证。

真的不会？

我可是职业作家。当然记得住啦。

真的？

嗯。

现在呢，接下来怎么写？

我感觉鹦鹉们就在我眼前，栩栩如生。因为你给我描述了它们，给它们涂了色。我觉得，现在该发生点什么事情了。人们之所以写作，就是为了讲述发生了什么事情。

所以现在要发生什么事情？

嗯，你得想一个主意。

爸爸，你这是什么意思？

发生一些特别的、不同寻常的事情。

比如说？

比如说，动物园的大猩猩偷了管理员的钥匙，把所有动物都放出来了。

对！咱们以前经常看那本书！

我记得。

哇！咱们再看一遍怎么样？

什么？你现在已经七岁了！

求你了求你了！

好吧，但咱们还是得先把故事写下去。这很重要。不然总会有一千个理由让你写不下去。

真的？

是的。所以要坐得住。逃跑太容易了。

坐住？在学校？①

不是，在书桌前，写作。

---

① 在德语中，"在学校坐住"是留级的意思。

但我们躺在床上呀！

你这个小机灵鬼，看我不胳肢你！

好痒！救命！

第三章

好啦，好啦，我不胳肢你了。

呼！

现在注意，罗拉，我要告诉你一个秘密，一个在写作中非常重要的秘密。过来点，我悄悄说给你听。

不许再胳肢我了！

不胳肢了。

说话算话？

说话算话。好，听好了。这个秘密就是：万万没想到！

什么？

就是那些意料之外的事情。我最喜欢读这样的情节了。令人惊奇的，或者完全没想到的事情发生了。这样的情节最过瘾了！我们需要一个想法，一个主意。

嗯。要是我想不出什么主意，怎么办呢？

我会帮你的。

好。但你是怎么想出主意的？

一般想着想着就想出来了，自然而然就发生了。

那要是不发生呢？

有时候我就想象一个地方。比如现在，想象一座动物园。苏菲她们所在的地方，鹦鹉笼子前。然后，写着写着，我就看见苏菲和她妈妈在我眼前。这时候我会展开想象：现在可能会发生什么事情？发生什么事情会很好笑？或者很精彩？或者出乎意料？

嗯。我还是什么也想不出来。

也可以不想象，而是思考。

思考什么？

鹦鹉们在做什么？鹦鹉最擅长什么？

飞。

算一个。还有呢？

色彩鲜艳。

算一个。还有没有？

大叫。

还有什么是只有鹦鹉会做，但别的动物，比如鸭子，不会的？

嗯。你指的是"说话"吗？

对了！就是这个！鹦鹉会说话。你跟

它说什么，它都会聒噪地学舌。现在我们来让它说一些疯狂的话！完全出乎意料的！从来没听说过的！特别好笑的！鹦鹉也许会说……

爸爸，闭上你的"鸟"嘴！

什么？

让我来想。

好，那我不说话了。

安静！

嗯。

我想到了！

说什么？

那只小鹦鹉对苏菲说："来抓我呀，你

这个笨蛋！"

呃，呃，呃……

爸爸，你在说什么？

我觉得很好笑，罗拉！

真的？

嗯！故事好笑是很棒的！又好笑又精彩！或者惊险！

或者令人毛骨悚然！

这也算。

或者伤感。

嗯。

爸爸，我已经知道接下去该怎么写了。

怎么写？

苏菲说："妈妈，鹦鹉太好笑了，我受不了。我要去看海豹。"

很好，罗拉！

真的？

真的！

谢谢。

不过，这里我有一个小小的建议。可

以讲吗？

可以。

好。是关于Pointe的。

噗。

你笑什么？

你刚才说的是屁股鸭①吗？

哈哈。

爸爸，究竟什么是
屁股鸭？是有屁股的鸭
子吗？

———————————————

① Pointe音同德语中的Po-Ente，意为"屁股鸭"。

对，就是有大屁股的鸭子！

爸爸！我们正在讨论鹦鹉，不是鸭子！

嘻，不是屁股鸭，是Pointe，在法语中是笑话中的抖包袱，也就是人们终于可以笑出来的那个时刻。你刚才写了两句话：

鹦鹉太好笑了，我受不了。

和

我要去看海豹。

你觉得哪句话更好笑？

嗯，我觉得：鹦鹉太好笑了，我受不了。

我也这样认为，你这句话写得很好。
如果我是你，我就把这两句话调个过儿。
这样你就可以把"鸭屁股"放在最后了，
谁读了都会笑的！

　　所以它真的是个鸭屁股吗？

　　对！

那我就写：

苏菲说："妈妈，我要去看海豹。鹦鹉太好笑了，我受不了。"

太棒了！

谢谢你，爸爸。

不客气。

爸爸，我能吃一根棒棒糖吗？

棒棒糖？

因为我刚写了一个超棒的故事啊。

你不是已经刷过牙了吗？

我可以再刷一遍。求你了！

不行不行。咱们好好躺着，你的故事
还没写完呢，不是吗？

嗯，那倒是。

第四章

接下来会发生什么呢?

我们来到海豹馆。一只海豹在游泳，另一只在被管理员投喂，三只海豹宝宝在玩球，还有两只海豹宝宝在玩你追我跑。

真好！海豹特别擅长什么？

游泳？

潜水？

跳跃？

咆哮？

嗯，我想到了，爸爸！

一只海豹宝宝突然从水里跳了出来。

这就是万万没想到的事？

不是。

它会跳到哪儿去呢？

岸上？

谁正好站在那里看？

苏菲！那我就这样写：

一只海豹宝宝突然从水里跳了出来，一头扎进苏菲怀里。

嘿嘿！

苏菲说："妈妈，我要把它带回家。这样我就可以跟它在浴缸里游泳了！"

我太喜欢了，罗拉！

这下要变成一个真正的故事了，爸爸！

没错！

那苏菲可以把海豹带回家吗？

嗯。你觉得苏菲的妈妈会怎么说呢？

她一定会说不行。

我也这么想。动物管理员会怎么说？

他们应该也不会同意。

嗯。

但海豹很可爱，爸爸！

你决定吧，罗拉！

好。那我就写：

"不行，"妈妈说，"把它放回水里！"

苏菲说："妈妈，我要去看狮子。海豹太喜欢跳进我怀里了，我受不了。"

这样行吗？

现在你有了一个可以不断重复的模型。鹦鹉、海豹、狮子。离开每一种动物之前，苏菲都会说一句相似的话。

你喜欢吗，爸爸？

喜欢！刚开始写故事的时候正需要这样一个抓手，它就像一根绳子，会牵引你去一个方向。

那我就写：

我们去看狮子。一只狮子在爬树，其他狮子在睡觉。

爸爸。

嗯？

我在学校学了，狮子其实是猫科动物，是吗？

没错。

那它们也抓老鼠吗？

为什么不呢？

那我就写：

两只狮子宝宝在玩一只死老鼠。

哈哈！

"哎哟！"苏菲说，"我要去看
猴子。狮子太恶心了，我受不了。"

我们去看猴子。一只猴子正
为了一根香蕉跟其他猴子吵架。

"呜——呜——呜——呜——呜——呜——
呜！"猴子叫着。

苏菲说："妈妈，我要
去看大象。猴子太吵了，我
受不了。"

现在你根本不需要我
帮忙了。

但我刚才写的，你全都记住了吗？

记住了。

真的？那只猴子叫了几声"呜"？

"呜——呜——呜——呜——呜——
呜——呜！"七声。

咱们可不能忘了。

明天你会记得每一句话的。相信我吧！

真的？

真的。不是只有写在纸上的才叫写
作，其实写作在写下来之前就已经开始
了，在头脑中。就像刚才你做的那样。那

么，请继续吧。

我们去看大象。

第一只大象做了一个侧手翻。

第二只大象做了一个倒立。

第三只大象做了一个腾空翻。

第四只大象在我头顶上做了一个鱼跃。

苏菲说："妈妈，我要回家。大象太喜欢翻来翻去了，我受不了。"

罗拉，现在你开窍了！

开什么了？

开窍了。就是完全明白了，并且能做得很好了。

这真的很有意思，爸爸。

是吧，我就说嘛。

第五章

罗拉。

嗯？

我发现一件事。

什么事？

有一个词你用了四次！

哪个词？

"做"这个词。

真的？

做一个侧手翻。做一个倒立。做一个腾空翻。做一个鱼跃。

但这些本来就可以"做"啊。

是的。但你知道语言之美，美在何处吗？

在何处？

就是有那么多不同的词语啊。

哦，原来是词语。

那些词语就像钻石般闪耀。

它们也发光吗?

当然!如果人们只
用红钻石,是不是也挺
无聊的?

是的。

那你另想一个词来代替"做",行
吗?除了做一个侧手翻,还可以怎么说?

打一个侧手翻?

对! 做一个腾空翻还可以怎么说?

跳一个腾空翻?

为什么不呢?

或者,炫一个腾空翻?

罗拉,我觉得你这个词用得特别好!

这是一个全新的词！

真的？

是你刚才发明的新词！

谁？

你！

我？发明了哪个词？

字典里有"炫技"这个词，但是没有
"炫腾空翻"！

没有吗？

没有！这个"炫腾空翻"就是你刚才发明出来的！

不可思议！这是允许的吗？

当然是允许的！发明新词是最棒的！

不对，爸爸，比这更棒的是自己炫一个！瞧着，这是翻跟头！

当心，我的肚子！

这是炫腾空翻。

我看这几乎是个鱼跃了。

头倒立我也可以。

还是手倒立吧，罗拉。

不用手也可以！

不，还是用手吧。

那样就不叫头倒立了，叫头手倒立。

怎么都行。

这样？

嗯。

嘿！

现在呢？罗拉，你现在这是什么？

你猜！

你肚子朝下躺着。

不对，爸爸。我肚子着地，这叫肚倒立！

原来如此。

这是背倒立！这是膝倒立！

发明新词就是这么容易！

爸爸。

嗯？

我要问你个问题。为什么"翻跟头"在德语里叫"翻滚的树"？翻滚的明明不是树，而是人呀！

好问题！"翻滚的树"本身就是一个奇怪的词，对吧？有翻滚的树，一定也有翻滚的树枝吧？

哈哈，还有翻滚的树叶！

还有翻滚的树根！

翻滚！树根！还押上韵了！

写作时就要这样做：仔细审视那些奇怪的词。虽然所有东西都有名字，但我们

还是可以自己创造新词，什么都可以。是
不是非常美妙？

　　是的，爸爸。翻滚的树根！太好玩
了！

第六章

　　但现在我想知道你的故事接下来发生了什么事情，罗拉！

　　什么？我的故事？讲完了！

　　啊？这么快？好可惜！

我有点困了。

谁？你，还是故事里的苏菲？

我们俩都困了。

你还能再想出几个好句子做结尾吗？

我们走回了家。

苏菲说："妈妈，逛动物园可真酷。"

"咱们明天去游泳池好吗？"

等一下，爸爸！她们可以骑自行车，对吧？那就写：

"明天咱们骑车去游泳池好吗？"

"好的。"妈妈说，"明天骑车去游泳池！"

结束了？

嗯。

你看，这对你来说一点也不难，对吧？你自己觉得难吗？

不难。爸爸，你满意吗？

当然满意！

爸爸，你七岁的时候也已经写得这么好了吗？

哈哈，我都忘了。

你爸爸也帮过你吗？

当然。

爷爷也会写作吗？

他写得可好了！

咱们现在能看大猩猩的书了吗？

马上就可以看了，罗拉。不过，在看书之前，我还想送你点东西。

什么东西？

一个好笑的结束句！你的故事是怎么结尾的，罗拉？

我们走回了家。

苏菲说："妈妈，逛动物园可真酷。"

"明天咱们骑车去游泳池好吗？"

"好的。"妈妈说，"明天骑车去游泳池！"

　　你看，你把你的句子全都记住了。多
棒！现在听好。你也可以这样结尾：

"但你得答应我一件事，苏菲。"

"什么事，妈妈？"

"明天到了游泳池，你可不能说：水太湿

了，我受不了。”

哇！太好笑了，爸爸！哈哈哈哈哈！

一个真正的"鸭屁股"。

大大的"鸭屁股"。

鸭子还会游泳呢！

在很湿的水里！哈哈哈哈！

皆大欢喜！

但是，爸爸！我还要跟你说一件事！

什么事？

水本来就是湿的，对吧？

对呀，罗拉！湿的水是一个赘词。

"坠"词？是"下坠"的"坠"吗？就像滑雪的时候，融化的雪块从高处坠落下来？

你能想到这一点很棒。但这个"赘"不是

"坠落"的"坠"，是多余的意思。赘词就是重复同样一个意思。

哦！同样的意思说两遍？

对。水本身就是湿的，这不用说。所以"湿的水"就是一个赘词。

厉害！这样的赘词还有吗？

当然有！

比如说？

一匹白色的白马。因为白马本来就是白的；或者一匹黑色的黑马。因为黑马本来就是黑的。你能想出一个词吗？

想不出。

比如糖是什么味道？

糖？是甜的！

现在你只需要把这两个词连起来就
行了。

那就是甜的糖？

对！或者，黑可乐。

或者，白牛奶！

或者，红的血！

或者，亲爱的爸爸！

快来让我抱抱！

现在你亲我的鼻尖了。

是的。

爸爸。

嗯？

我的故事也算是……文学吗？

当然算啊。

那我的故事里应该有
关于爱和死亡啊。爸爸，
这可是你说的。

对啊，罗拉。你的故

事里有这些内容吗？

我想想啊。有的，爸爸！有写到爱和死亡的内容！苏菲把海豹宝宝放回了水里，这救了它的命。海豹需要水！狮子宝宝玩了一只死老鼠。

确实！那爱的部分呢？

嘿，爸爸，这你都没看出来吗？苏菲想去哪儿，她的妈妈就带她去哪儿。这个妈妈一定非常非常爱苏菲，对吧？就像我妈妈爱我一样！现在，能看大猩猩的书了吗？

当然了，但是看完就睡觉。

明天我们把这个故事写下来?

好，明天写!

你跟我一起写?

当然! 咱俩一起写。

完

关于写作的小建议和小贴士

写作并不需要总是先写在纸上。

你可以先把故事讲给自己或者别人听，然后再把所有内容写在纸上。

不用思前想后，先开个头再说。就从一个你熟悉的地方开始吧。

你可以描述一下，在这个地方你能看见的所有东西，也就是：仔细地描绘。

这样你就能像变魔术一样在读者脑中变出一幅图画啦。

你也可以从一些非常日常、普通的事情开始写。普通的事情也可以瞬间变得非常疯狂。

想法要奇特、新颖、独一无二。

想得到灵感，你可以幻想，或者干脆：思考。

在这个地方可能发生什么事情？为什么？跟谁一起？

你可以写一些出人意料的、令人完全想不到的情节！

把好笑的事情安排在句子的结尾：这就是"鸭屁股"。

写作的时候可以多用不同的词。

写作的时候也可以发明新词。

也可以仔细想想那些已经存在的词，玩转它们。

最重要的是：带着乐趣、愉快、兴趣和爱去写作！

写作中严格禁止的事

抄袭同桌！
或者从别的书中抄袭！

所以，我们必须承认：

翻跟头的主意是从另一位作家那里抄来的。这位作家叫汉斯·阿普，生活在大约一百年前。但假如我们承认抄了别人作品的某一部分，那就可以抄。很奇怪，是不是？这就叫：引用。

祝大家写作愉快，文思泉涌！

你们的罗拉和马库斯

在汉斯·阿普的诗中，一棵翻滚的树
是由……

翻滚的果

翻滚的叶

翻滚的枝

翻滚的权

翻滚的桩

和翻滚的根

……组成的。

罗拉很激动。老师给同学们布置了一个作业：创作一个故事。这是她写的第一个故事。

罗拉的爸爸正好是个作家，可以给她很多建议。于是，罗拉就和爸爸在床边聊了起来。写故事中所有重要的事情都聊到了。比如，如何想到一个创意，如何找到新鲜的词，如何起头，如何结尾。有一个好的"鸭屁股"有多重要。

献给所有喜欢自己写故事的人。